猫帖

石田郷子・監修

名句ニャー!

京町の猫通ひけり揚屋町

其角

初蝶や逝きし白猫かと思ふ

石井順恵

春の夜内ぶところに夢の猫

古賀磯文

小雪／ by 石田郷子

名句ニャー!

陽炎にくいくい猫の鼾《いびき》かな

一茶

名句ニャー!

ちらちらと陽炎立ちぬ猫の塚

夏目漱石

野良猫といへどチンチラ春の風

高田由梨

春場所や両手を叩く猫だまし

蛙

とくせんニャー！

アントンは黒雲シノンは白い猫

池田ひろみ

ガクト／ by 筑紫磐井

名句ニャー！

雑巾で猫拭く春のしぐれかな

小林清之介

名句ニャー!

恋猫やからくれなゐの紐をひき

松本たかし

名句ニャー!

奈良町は宵庚申《よいこうしん》や猫の恋

飴山 實

名句ニャー！

色町や真昼しづかに猫の恋

永井荷風

名句ニャー!

麦飯にやつるる恋か猫の妻

芭蕉

ジュウベイ／ by @gonbey15

名句ニャー!

巡礼の宿とる軒や猫の恋

蕪村

恋猫や世界を敵にまはしても

大木あまり

名句ニャー！

山国の暗《やみ》すさまじや猫の恋

原　石鼎

びたびたと水舐めてをり恋の猫

たいら麗

名句ニャー!

恋猫の恋する猫で押し通す

永田耕衣

ヒコ／ by 沓澤十子

恋猫の鳴き揺らぎ鳴きゆらぎゆく

石田いづみ

恋猫の恋を邪魔して雨戸くる

喜音

招かれて袋小路に朧月

板屋ちさと

春眠や共に籠りて白日夢

板倉素彦

ちゅんちゅんと雀主張し猫の負け

平尾清子

ノラ・ノラ／by ミオ

ああ早く猫になりたい猫柳

紅緒

名句ニャー！

掌にのせて子猫の品定め

富安風生

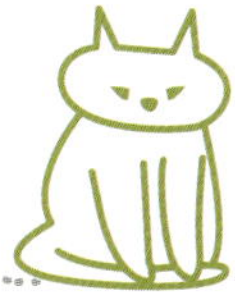

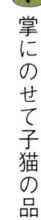

不器量も器量のひとつ子猫抱く

吉藤春美

名句ニャー!

麦飯の麦こぼしゐる仔猫かな

後藤夜半

名句ニャー！

百代の過客しんがりに猫の子も

加藤楸邨

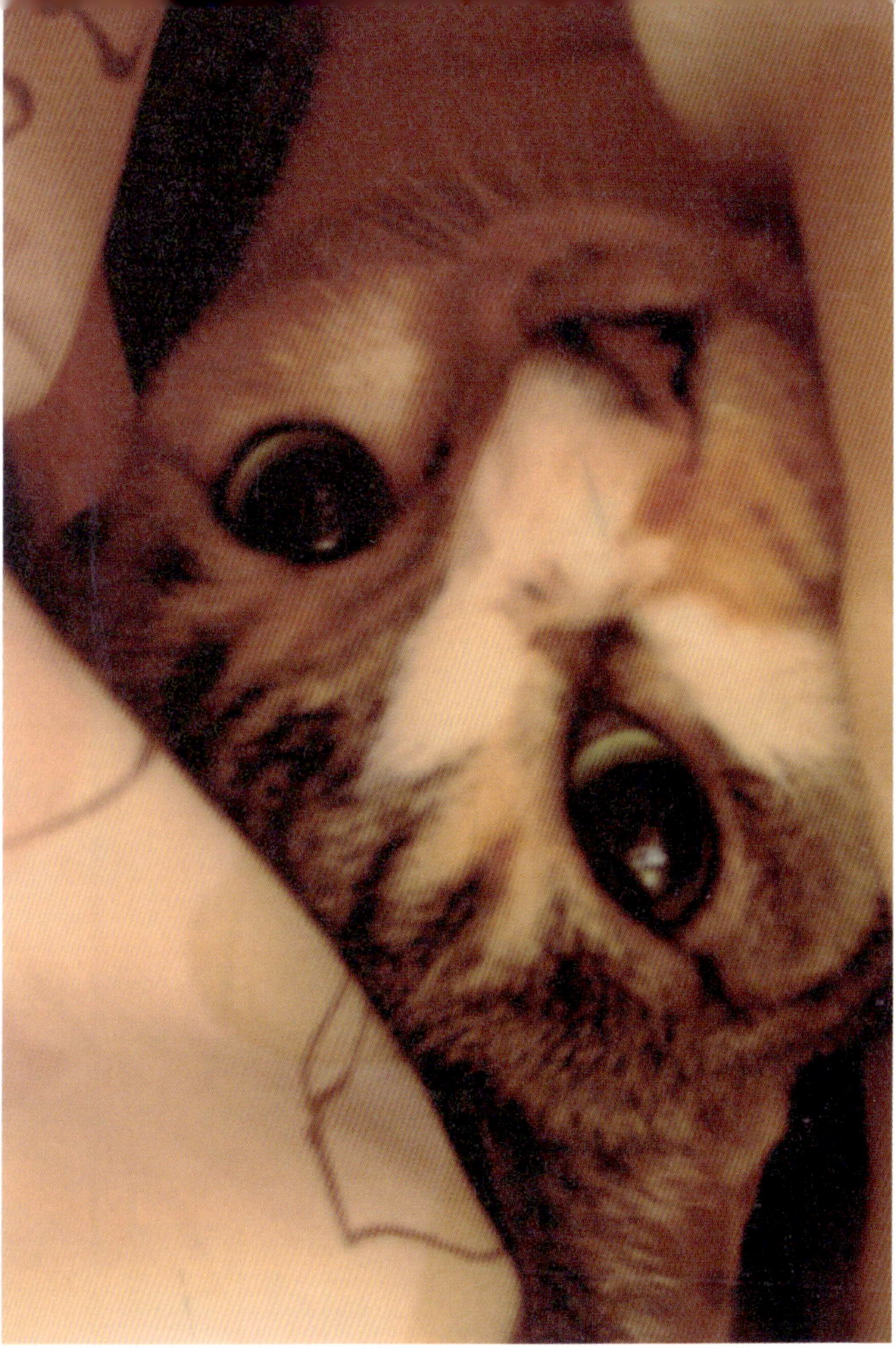

卯月／ by 西田邦一

抱き上げて雨の匂ひの孕み猫

蘭草慶子

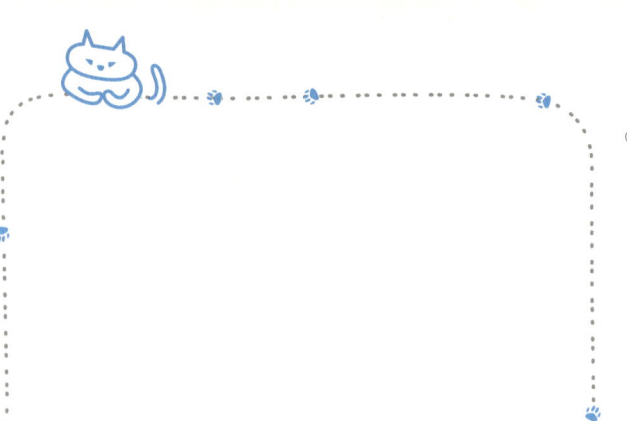

うららかや猫にものいふ妻のこゑ

日野草城

麗かや猫が飛び乗るボンネット

透次

名句ニャー!

わが仔猫神父の黒き裾にのる

平畑静塔

恋猫や味の決まらぬ三杯酢

佐々木みほ

チョビ・ザザ／by 川島 葵

子猫鳴く古きグランドピアノかな

高柳克弘

両の手に熱く重たき仔猫かな

Gorobe_smile

桜散り片づけられぬ猫の砂

北川美美

眠りつつ仔猫戯《じゃ》らしの尻尾かな

板屋ちさと

猫の子のうつらうつらに我も又

本山　薫

ジャン／ by 板倉素彦

名句ニャー！

猫の子に嗅がれているや蝸牛《かたつむり》

才麿

はつなつのしっぽ短し昼寝まえ

Arowu

カンカン帽二階の猫に逢ひにゆき

山下きさ

二階から猫の出てゆく椎の花

川島　葵

どくだみの花越えてきし猫の腹

森賀まり

ロック／by 大島久美子

名句ニャー!

緑蔭に黒猫の目のかつと金

川端茅舎

口悪き友は猫好きソーダ水

大角知英子

打水に猫堂々と過りをり

福田蔦恵

猫にさえ稀薄さ感じる大都会

凧凪風

猫や猫その涼み台誰の椅子

家永和治

ノラ／ by 古宮ひろ子

猫恋えば猫の鈴鳴るラムネだま

一色於虹

猫の髭ましろく硬し涼み船

山西雅子

起き抜けに猫鎮座してアマリリス

冬野 凪

黒猫や眼に夏映し港町

mio_tarot

白粉《おしろい》の花や佃の猫溜り

たいら麗

ノラ／by 志摩厚子

夏日さす日陰に誘ふ長屋猫

でくのぼう

袷縫ふわれにまつはる小猫かな

蓬子

落ちさうな枇杷みつめをりペルシャ猫

蛙子

猫の来てころりころころ木下闇

小桜

吹き出しの中は‥‥《てんてん》端《はし》居《い》猫

宮森健伍

リリカ／by 川島 葵

とくせん
ニャー!

髭一本ほどの天下や昼寝猫

純子

歳時記を枕に猫の昼寝かな

今井清子

頭の中を猫が横切る合歓《ねむ》の花

山口可久實

夏の雨野良猫の餌濡らし去る

たまご

島人の猫に優しき昼餉時

高橋よし

チャー／ by 大島久美子

みづいろのりぼんの子猫夏館

山城わさび

肉球の猫の足跡避暑期去る

安藤久枝

前足をそろへて猫の残暑かな

horoyoi

ながき尾の猫になつかれ月の頃

原口章子

猫の目に金と銀との星降りぬ

gonbey15

猫火鉢すでに足より遠くあり

片山由美子

その瞳映す景色はどんなかな

瑠冠るか

ワタクシハ猫派デ鷹派秋の風

対中いずみ

とくせんニャー!

お腰元みたいな猫と秋刀魚焼く

紅緒

日向子・ヤマト／ by yamaoka

秋風を見てゐる猫を見てゐるよ

西村麒麟

金木犀猫葬りし幼き日

吉晶すずらん

名句ニャー！

ワガハイノカイミョウモナキススキカナ

高濱虚子

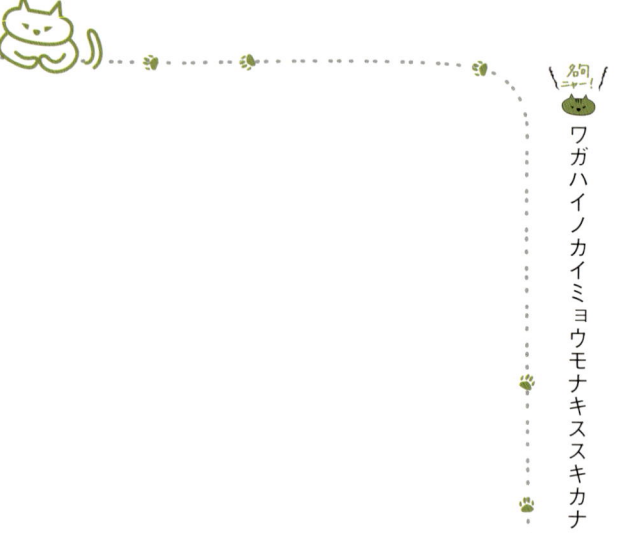

野良猫の百匹もゐて大花野

山城わさび

隙間から隙間へ消える路地の猫

吉田群青

ノラ・by ふらんす堂

信号の赤になつてる猫じやらし

市川英一

老猫の深き昼寝や秋涼し

まりか

月の座や隣家の猫交じりたる

山下きさ

名句ニャー！

満月やたたかふ猫はのびあがり

加藤楸邨

名句ニャー!

暫く聴けり猫が転ばす胡桃《くるみ》の音

石田波郷

ノラ・by ふらんす堂

冬かもめ宮の渡しに猫のゐて

西田邦一

猫の尻もたらくたらと小春かな

菅原晋也

クリスマスイヴに拾うて猫のイヴ

石井順恵

猫の冬 今日も明日もLOVE炬燵

fgmnotjp

ストーブの前は猫の座吉祥寺

山本ゆうこ

ノラ／ by ふらんす堂

食べながら鳴いてゐる猫漱石忌

古宮ひろ子

石段のゆるきに猫や冬夕焼

黒澤さや

黒猫の掌《て》も加はりぬ焚き火かな

喜音

ふえてゆく猫の玩具や雪の窓

小林木造

人生はいつもこれから炬燵猫

白石正人

ノラ・by ふらんす堂

数へ日の机上の猫を抱き下す

石田郷子

名句ニャー!

一袋猫もごまめの年用意

一茶

名句ニャー!

しろたへの鞠のごとくに竈猫《かまどねこ》

飯田蛇笏

猫の尾のするりと通る去年今年

小林すみれ

名句ニャー!

ねこに来る賀状や猫のくすしより

久保より江

ノラ・by ふらんす堂

尾を立てて猫の過ぎたる初鏡

ふけとしこ

黒猫もブチも隠れる鬼やらひ

辻　昭子

来世は猫に生まれよヌーディスト

池田ひろみ

お母さん／ by ふらんす堂

猫のはんこ消して炬燵を塞ぎたり

月濡れ

名句ニャー!

叱られて目をつぶる猫春隣

久保田万太郎

あとがき

このたびの「猫帖」には、猫好きのみなさまからたくさんのご応募をいただきました。その中から三句を

として選ばせていただきました。

また、

は、すでに人口に膾炙した古今東西の俳人の作品、は、呼びかけに応じて協力して下さった俳人のみなさまの作品です。

監修者・石田郷子

猫帖！ neko-cho！ 監修・石田郷子 Ishida Kyoko
2013年7月3日刊行
定価＝500円＋税

発行所　ふらんす堂
〒182-0002 東京都調布市仙川町1-15-38-2F
TEL 03-3326-9061　FAX 03-3326-6919
http://furansudo.com　info@furansudo.com
印刷・製本　日本ハイコム株式会社
挿画・装丁　和　兎
ISBN978-4-7814-0575-9 C0095 ￥500E
落丁・乱丁はお取替えいたします。